AF341910

LES FASTES

DE

MONTREUIL - LES - PECHES,

SA CULTURE, SES EMBELLISSEMENTS

ET SES ORIGINES;

EPITRE

A M le comte de CHABROL,

CONSEILLER D'ÉTAT, PRÉFET DE LA SEINE;

Avec des Notes historiques et archéologiques;

PAR M. ELOI-JOHANNEAU.

Montreuil, 1er janvier 1825.

Fortunatus et ille deos qui novit agrestes.
(VIRGILE.)

Habitant d'un hameau par ses pêches fameux,
    Permets, Chabrol, à ma muse indiscrète,
    De te parler de son art merveilleux,
De ses titres de gloire, et surtout de ses vœux;
De t'offrir, me rendant son fidèle interprète,
Pour Montreuil embelli, l'éloge qui t'est dû,
D'un nouveau citoyen l'hommage inattendu.

ESTAFETTE DU COMMERCE
DISTRIBUTIONS D'IMPRIMÉS
BONNARD, CAMPMAS & Cie.
11, RUE DE LA JUSSIENNE

En ce jour, pourrait-elle être ingrate et muette,
En ce jour aux vœux consacré,
Quand, borné dans les miens, j'ai ce que je souhaite ;
Quand, studieux ermite, en ce lieu retiré,
Je sais tout ce qu'il doit à ton zèle éclairé,
Quel air pur et quel prix te doit ma maisonnette (1) ;
Quand un ami du bien (2), quand un brillant poète (3),
Espèrent que cédant à leur vœu déclaré,
Ils entendront Montreuil par ma voix célébré ?

Pour chanter son verger, sa culture parfaite,
Et l'art de ses jardins par Delille admiré,
Il me faudrait du ciel, à mon tour inspiré,
Sentir, ainsi que lui, l'influence secrète ;
Et qu'un Dieu favorable, un astre inespéré,
Pour prix des longs travaux où je me suis livré,
De loisirs embellit ma riante retraite ;
Il me faudrait encor apprendre de Mozard (4),

(1) Le cimetière qui en était voisin, venait d'être interdit, et transporté ailleurs.

(2) M. Boulard, député, maire et notaire de Paris, traducteur d'un grand nombre d'ouvrages anglais et allemands, mais plus connu par le bien qu'il faisait et par la nombreuse bibliothèque qu'il avait amassée. Voyez la notice sur sa vie et ses ouvrages, qui est en tête de son catalogue, 5 vol. in-8°, 1828.

(3) Publicola Chaussard, auteur des *Fêtes et Courtisannes de la Grèce*, de l'*Art poétique secondaire* : il m'engageait, ainsi que Boulard, à faire un poème didactique sur la culture à la Montreuil.

(4) *Mozard... Mériel.* Deux habiles cultivateurs de Montreuil, tous deux élèves de Pepin, et membres de la Société royale d'agriculture. Jean Mozard était neveu de Mozard, ancien jardinier de Louis XVIII à Versailles ; il a publié, en 1814, un ouvrage qui a obtenu deux médailles d'or de la société d'agriculture, et qui est intitulé : *Principes pratiques sur l'éducation, la culture, la taille et l'ébourgeonnement des arbres fruitiers, et principalement du pêcher, d'après la méthode de M. Pépin et autres célèbres cultivateurs de Montreuil*, in-8° de 166 pages avec 3 planches. Ainsi,

Du sage Mériel les secrets de leur art.

Mais des bienfaits reçus alors que c'est la fête,
Quand la foule empressée en acquitte la dette,
En ce jour, puis-je aussi, sans me montrer ingrat,
Oublier Girardot (5), et sa noble conquête

grâce à lui, le fruit de la longue expérience de Pepin, son habile maître, n'a pas été tout à fait perdu, comme le craignait la Société d'Agriculture. Il mourut le 16 décembre 1818. — Mériel, que j'ai beaucoup connu, et qui était mon voisin et mon ami, était l'élève d'affection de Pépin, qui lui a légué, en mourant, sa maison sa bibliothèque et ses jardins, après lui avoir transmis aussi sa méthode et son expérience. Il l'avait même remplacé à la Société d'Agriculture, et on venait prendre ses leçons et le consulter de très loin. Il a été adjoint d'abord, et ensuite maire de Montreuil pendant quinze ans, et en a rempli les fonctions avec une sagesse peu commune. Il est mort le 8 avril 1850.

(5) *Girardot.* Réné-Claude Girardot, mort en 1734, inventeur de la culture à la Montreuil, c'est-à-dire du palissage à la loque, qui en fait le caractère distinctif, était un ancien mousquetaire du roi, propriétaire du château et du parc de *Malassis*, sur la limite de Montreuil et de Bagnolet. Il y cultivait 2 ou 4 arpents (on varie) de pêchers, qui, dit-on, lui rapportaient 30,000 fr. de revenu, parce qu'il était alors le seul qui eut d'aussi belles pêches. Roger Schabol fait remonter l'origine de cette culture à 1670, car il dit, pages 93 à 115, dans sa *Pratique du jardinage*, en 2 vol. in-8°, publiée en 1770, que la culture des arbres fruitiers est portée à Montreuil à sa perfection depuis plus d'un siècle ; et plus loin, que Montreuil fait un commerce immense de pêches et d'autres fruits depuis 150 ans, ce qui remonterait à 1620; puis il ajoute que les talens de ses habitants, ensevelis jusqu'à lui dans l'obscurité et le silence, eussent attiré les regards de la république romaine. «J'ai conféré, dit-il encore, sur tous ces faits avec les principaux habitants de Montreuil et de Bagnolet, avec Boudin, Pépin et Beausse le père, et le résultat a été que, depuis 150 ans, on y cultive le pêcher, comme on fait aujourd'hui. Ils m'ont déclaré que leurs pères ne l'y avaient pas vu naître... Il est constant qu'en 1613, temps auquel écrivait La Framboisière, médecin de Henri IV, de Louis XIII et de la reine mère (lequel dit, dans ses œuvres, que *les meilleures pêches sont celles de Corbeil*), on ne connaissait d'autres pêches que celles en plein vent, qui croissent encore dans le territoire de Corbeil. Ces pêches, servies alors sur les tables des rois, sont devenues depuis le partage du menu peuple. On ne parlait point encore des pêches de Montreuil, non plus que du temps de La Quintinie, qui a écrit vers 1620... Dès lors (vers 1620) les pêches de Corbeil (qui avaient peut-être donné à cette

Sur l'aveugle routine et sur un froid climat,
Son talent créateur, ses bienfaits sans éclat?
Et pourrais-tu toi-même, en lisant ma requête,
Conseiller de nos rois, et puissant magistrat,
Oublier envers lui la dette de l'état?
Quand je vois, sous mes yeux, son modeste génie
Imprimer, dans Montreuil, sa féconde industrie
Sur le sol et les murs, et, loin d'être honoré,
Le nom de Girardot ici presque ignoré (6);

ville le nom de *Corbeille*), disparurent de nos marchés. Les jardiniers et les maîtres des maisons de campagne autour de Paris, voulurent avoir de ces fruits si colorés, d'un goût si suave, et qui se vendaient fort cher... Pendant une longue suite d'années, Girardot présenta assiduement à Louis XIV, qu'il avait servi en qualité de mousquetaire, les fruits de ses arbres naissants; il n'y avait pas encore long-temps qu'il jouissait du fruit de ses dépenses excessives, quand l'hiver de 1709 n'épargna pas plus ses pêchers que ceux des environs. Les pêches se vendirent cette année jusqu'à 4 fr. la pièce, et Girardot ne fit pas ses présents accoutumés... Son terrain consistait en quatre arpents d'une seule pièce ; on y construisit des murs en tous sens qui le partageaient en 72 carrés, ce qui fit nommer *Damier* cette pièce de terre. Il fit ensuite l'acquisition d'un fief nommé les *Guédons* » Il existait encore, il y a peu d'années, un descendant de son nom, propriétaire du petit castel de Launay à Villemomble que je suis allé consulter, et de qui j'ai obtenu bien des renseignements dont j'ai fait usage ici. Madame de la Bourdonnaie, sa fille, que j'y ai vue aussi alors, peut en attester la vérité. Le père est mort en 1835, à l'âge de 95 ans.

(6) *Le nom de Girardot ici presque ignoré.* Ce honteux oubli va être enfin réparé. M. de Rotrou, aujourd'hui maire, m'a écrit le 19 janvier dernier :

Monsieur,

« Je viens de faire décider par le conseil que la ruelle qui communique de la rue du Pré à la rue du Milieu, sera élargie successivement, et portera le nom de *Girardot*. Je me fais un vrai plaisir de vous l'annoncer, parce que je sais que c'était votre désir depuis long temps. »

Il ne reste plus maintenant qu'à ériger, sur la place, une statue à Girardot tenant une corbeille de pêches, et à écrire au bas : *Pour*

Quand il fait couler l'or, dans Montreuil qui l'oublie,
Et doit à ses leçons une nouvelle vie ;

le dessert du roi, 25 juillet ; ou à placer son buste, dans la salle de la mairie et au portail de l'église, avec cette inscription :

C'est à ce bienfaiteur, à sa noble industrie,
Que Montreuil doit sa gloire, une nouvelle vie.

M. Aimé Martin, éditeur des œuvres de Bernardin de St-Pierre, écrivait dans le *Journal des Débats*, le 3 juillet 1826 : « Aujourd'hui le *petit Moustier* est un riche bourg, peuplé de 4 à 5,000 âmes, et qui, sous le nom de *Montreuil*, verse avec profusion, dans nos marchés, ces beaux fruits qui ne mûrissaient jadis que dans les jardins des rois. Ce bienfaiteur de l'humanité se nommait *Girardot*. Voyageurs, qui passez à Montreuil, n'y cherchez pas le simple monument qui devrait consacrer le bienfait et la reconnaissance ! » Bientôt on ne le cherchera plus en vain. L'inscription *Pour le dessert du Roi*, ferait allusion à une anecdote célèbre racontée dans le *Constitutionnel*, et bien mieux par M. Héricart de Thury, dans les *Annales d'Horticulture*, t. XXIX, p. 225, octobre et novembre 1841, mais trop longue pour trouver place dans une note, sans l'abréger : « Un jour, dit-il, que le grand Condé (mort en 1686) recevait Louis XIV à Chantilly, on présenta au prince un panier contenant douze pêches d'un volume jusqu'alors inconnu, pêches admirables, et resplendissantes du plus riche vermeil, du velouté le plus pur, le plus frais. Le panier fut remis par un inconnu, qui disparut aussitôt ; il portait pour toute adresse : *Pour le dessert du Roi*. Au dessert, le panier fut servi avec appareil ; il fut l'objet de l'admiration générale. La saveur, l'excellence de ces admirables pêches réunirent tous les suffrages. Mais quel était le donateur ? personne ne put le nommer... Un jour, le 25 juillet suivant, que Louis XIV chassait à Vincennes, La Quintinie (qui était dans le secret), parvint à faire diriger la chasse du côté de Montreuil. Girardot, prévenu par son ami, se trouva sur le passage du roi, partie en habit de mousquetaire, partie en jardinier, entouré de ses sept enfants vêtus de même, frais et vermeils comme les pêches qu'ils offraient à Louis XIV et aux dames de la cour. Le roi visita l'ermitage de Girardot, admira ses espaliers, cueillit lui-même des pêches, lui demanda de lui en apporter une corbeille tous les ans, sur sa table, à pareil jour, avec l'inscription du dîner de Chantilly : *Pour le dessert du Roi*... Après sa mort, les habitants de Montreuil ont conservé le privilége de renouveler annuellement l'offrande du *panier de pêches du dessert du roi*, et l'usage s'en est perpétué jusqu'à la révolution de 1789, » et même depuis, comme on le verra plus bas, et comme le dit l'article du *Constitutionnel* : « Cet usage s'est continué depuis,

Quand il attend encor son buste révéré,
Puis-je au tombeau laisser sa renommée éteinte,
Et voir en dix hameaux sa main encore empreinte ?

Dans ces murs, ou plutôt dans ce temple sacré,
Pomone ressentant un feu plus concentré,
En déployant ses bras, de plus d'amour atteinte,
A l'art qui la captive, à l'amant préféré,
Comme au Dieu qui lui plut (7) par l'adresse et la feinte,
Accorde ses faveurs et le prix désiré.
Oui, grace à Girardot, à son art admiré,
Dans ce riant verger, dont la centuple enceinte,
Par cent murs divisée en maint étroit carré,
Forme un vaste échiquier (8), un riche labyrinthe,

et justifie le nom de *Montreuil-les-Pêches.*» Ainsi donc, le talent de cet homme si modeste a transformé Montreuil, chétif hameau, en un beau village peuplé de quatre mille jardiniers qui vivent dans l'aisance, et où brillent les plus riches cultures.

(7) *Au dieu qui lui plut.* Ce dieu est *Vertumne,* qui, parmi tous les dieux champêtres qui se disputaient la conquête de *Pomone,* à cause de sa beauté et de son adresse à cultiver les arbres fruitiers, vint à bout de lui plaire et de la rendre sensible, en prenant successivement différentes figures , celles d'un cultivateur, d'un moissonneur, d'un vigneron, et enfin d'une vieille femme, comme l'indique son nom latin *verto,* changer de formes ; ce qui fait qu'Horace dit au pluriel *Dii Vertumni,* les dieux Vertumnes, comme s'il y en avait autant que de saisons.

(8) *Un vaste échiquier.* En voyant du haut de la butte Beaumont, du coteau qui sépare Montreuil de Bagnolet, de ma maison ou d'une maison située et élevée comme la mienne, tant de murs qui se coupent dans tous les sens, sans que les murs de refend touchent les murs d'enceinte, pour laisser le passage libre d'un carré à l'autre, on dirait en effet un *vaste échiquier* ou damier, un grand monastère, encore, divisé en plusieurs cases ou cellules, ou même, selon qu'on est affecté, une grande prison partagée en plusieurs loges; mais on reconnaîtrait bientôt, aux verts espaliers qui les tapissent, aux beaux et nombreux fruits qui y pendent, que c'est la prison de Danaé, qu'il y pleut de l'or. On prétend qu'on compte à Montreuil, qui n'était autrefois qu'un *petit moutier,* au dehors et au dedans de ses

Où cet arbre qui doit à la Perse son nom,
Change en fruit savoureux son dangereux poison,
Ainsi que Danaé, Pomone emprisonnée,
Pour goûter de Phébus les amoureux transports,
En suit tous les regards de pêches couronnée,
Et, pour gage d'amour, comme elle, chaque année,
Dans son avide sein voit pleuvoir des trésors.

Moins féconde autrefois, elle était condamnée
A languir sans honneur, au vent abandonnée.
Par de plus tendres soins, de plus savants efforts,
Multipliant ses dons pour la ville étonnée,
L'habile Girardot, par un art immortel,
Les imbiba de vin, les satura de miel;
Et bientôt de Montreuil changeant la destinée,
En devint, avant toi, l'étoile fortunée.

Bientôt, par ses leçons, favorisé du ciel,
Montreuil vit dans Pépin, avec son industrie,
Revivre Girardot, briller la Quintinie;
Dans Cupis (9) un disciple, ou plutôt un rival,

murs, plus d'un million de toises d'espaliers, à toutes les expositions
du soleil, aux diverses heures de la journée et saisons de l'année ;
et qu'on y récolte jusqu'à quinze millions de pêches. Voyez note 18.

(9) *Cupis*, frère des deux célèbres danseuses, la Camargo et la
Sallé, était un violoniste de l'Opéra, qui florissait en 1755.
Il était en même temps habile écuyer. Ayant entrepris un jour de
dompter un cheval arabe dont on avait fait don à Louis XV, ce cheval devenu furieux emporta son cavalier, qui sauta avec lui de dessus
le Pont-Neuf dans la Seine, aborda à la nage au Port à l'Anglais, après
la lui avoir fait remonter, et le ramena triomphant aux Tuileries tout
dompté. Le roi lui donna pour récompense la capitainerie ou rendez-
vous de chasse du parc de Saint-Mandé, qui est aujourd'hui au frère
du général Saint-Laurent. Il s'y retira, prit goût à la culture, ce
qui fit qu'il changea cette capitainerie contre une maison de Montreuil, rue Marchande, n° 41, où il devint un grand cultivateur par
les leçons de Pépin, et contribua avec lui à perfectionner la culture

Qui d'abord écuyer, et fils de Polymnie,

A manier l'archet, à dompter un cheval,

Comme Orphée et Castor, ne connut point d'égal ;

Qui d'un pont s'élançant, comme une autre Clélie,

Dans la Seine étonnée, en ce mouvant cristal,

De son coursier encor sut dompter la furie,

Et, semblable à Triton, trompette harmonieux,

Célébrer son triomphe, en ce saut périlleux.

Montreuil vit dans Pépin (10) la sage expérience,

et la taille des arbres. On a de lui un morceau de musique très connu sous le nom de *Saut de Cupis*, et un menuet appelé le *Menuet de Cupis*. C'est dans le premier de ces deux morceaux qu'il a célébré son saut dans la Seine, et son triomphe sur un cheval indompté. Il a publié aussi deux livres de sonates et un livre de quatuors pour le violon. C'était, dit-on, un excellent violoniste de chambre. Son jeu avait quelque chose de séduisant qui plaisait fort aux dames. On le surnommait *Cupis-le-Violon*, pour le distinguer de deux de ses frères, surtout du troisième, qu'on nommait *Cupis la Basse*. Il est mort à Montreuil en 1788, à 72 ans. Il était né à Bruxelles, ainsi que ses deux sœurs. M. Morel, gendre de M. Charton, l'organiste, est son petit-neveu.

(10) *Pépin*. Pierre Pépin, célébre par la culture et la taille des arbres fruitiers, était fils de Nicolas Pépin, contemporain et émule de Girardot, le créateur de la culture dite *à la Montreuil*. Il naquit à Montreuil en 1722, et y mourut en 1802, après en avoir été successivement maire et juge de paix. Il fut nommé en 1761 membre de la société d'agriculture de Paris, dès sa formation. M. Silvestre, secrétaire de cette société, a lu dans la séance publique de 1806, sur cet habile cultivateur, une notice qui a servi à celle que Musset-Pathay lui a consacrée dans sa *Bibliographie agronomique*. P. Pépin n'a jamais écrit sur son art. La société d'agriculture sentant de quel prix il serait de recueillir ses observations, avait chargé une commission de suivre et de décrire ses travaux ; mais la mort l'a frappé avant que les commissaires eussent achevé ; de manière que l'art qu'il avait perfectionné, était alors concentré dans Montreuil, et le partage presque unique des élèves de ce professeur praticien. Depuis sa mort, ses élèves, surtout Mozart et Mériel, en ont formé d'autres tels que MM. Lepère, Malot, Lebour, etc. qui ont porté cet art à un plus haut point encore de perfection. Comme tous les cultivateurs-pratiques, il condamnait en masse tous les livres sur l'agriculture.

« Pépin, dit Roger Schabol, dont la famille était établie à Mon-

Qui brilla près d'un siècle aux champs de ses aïeux,
Et qu'il avait acquise, en ses jardins, comme eux;
Riant, la serpe en main, de la vaine science
Qu'enseigne maint auteur, en son rêve orgueilleux.
Transmise aux deux Mozard, elle reluit encore
Dans Mériel, l'ami, l'héritier qui l'honore,
Le disciple zélé, le colon vertueux,
Que guide son flambeau, sur ses pas lumineux.

Depuis qu'à Bagnolet (11) Montreuil a vu l'aurore

treuil depuis longtemps, quitta sa patrie, pour se mettre au service
de La Quintinie à Versailles, en qualité de garçon jardinier. C'était
dans le temps que Louis XIV venait de faire la dépense prodigieuse
de ses potagers. La manière de conduire le pêcher, pratiquée aujourd'hui à Montreuil, existait déjà, mais elle n'avait pas encore pénétré jusqu'au directeur des potagers du roi, ce qui ne s'accorde pas
avec l'anecdote du panier de pêches pour le dessert du roi. Le
jeune homme qui ne goûtait point sa façon d'opérer, travaillait suivant les principes qu'il avait reçus. Le disciple n'était rien moins
que d'accord avec le maître. Celui-ci, lassé d'être toujours contredit,
se débarrassa un peu brusquement d'un ouvrier indocile, et ils se
séparèrent fort mécontents l'un de l'autre. Le jeune Pépin reprit le
chemin de Montreuil, ou la mémoire de ses ancêtres l'invitait à se
fixer, pour y soutenir la gloire que leurs talens leur avaient acquise.
En voici les noms : Pierre Pepin eut pour père Nicolas Pépin, comme
je l'ai déjà dit, pour grand père Jean Pépin, pour trisayeul Guil-
laume Pépin, tous habitants et cultivateurs de Montreuil.

(11) *A Bagnolet.* C'est en effet à Bagnolet, dans le parc de Malassis, que la culture du pêcher a pris naissance. Si elle a été nommée
culture à la Montreuil, c'est sans doute parce qu'elle y a été pratiquée plus en grand et avec plus de succès, que dans les dix à douze
autres villages voisins où elle s'est répandue. Le parc de Malassis
est sur la limite de Montreuil et de Bagnolet, et n'est séparé de
Montreuil que par le chemin. Le fait est que c'est à Montreuil qu'on
voit un plus grand nombre de jardins cultivés *à la Montreuil,* c'est-
à dire environnés de murs, et séparés en petits carrés ou bandes de
six à huit toises, par d'autres murs, pour que les arbres qui sont
presque tous en espaliers, puissent y jouir de tous les regards du soleil. Ce qui distingue encore la culture de ce nom, c'est le palissage
à la loque. Je ne dois pas taire cependant que M. Valvein, dans
une lettre qu'il m'a écrite le 24 novembre 1824, fait remonter la

De l'art de Girardot, son berceau glorieux,
La fortune courir au lieu qui l'a vu naître,
A Sarcelles, Schabol (12), et dans dix autres lieux,
De Cupis, de Pépin d'autres rivaux fameux,
En étendre la gloire, en le prenant pour maître,
Depuis ce temps, Montreuil en suit l'exemple heureux :
Le pêcher est pour lui cet arbre merveilleux,
Que nos premiers parents désiraient de connaître,
Qui des premiers colons a dessillé les yeux.
Mieux éclairé, Montreuil incessamment éveille
De ses fils l'intérêt, le talent qui sommeille,
Sait triompher du sol et d'un ciel rigoureux,
Et revêtir ses fruits d'une robe vermeille :
De ses Alcinoüs, vrais miracles nouveaux,
Ils sont et plus hâtifs, et plus doux , et plus beaux.
Depuis que l'espalier, que la flexible treille (13),
A Bacchus, à Pomone offre un trône assuré,
Par tous les deux chéri, par Pomone illustré,
Brillant de tous les dons qu'épanche sa corbeille,

culture du pêcher à Montreuil à une époque bien plus éloignée. « Il paraît, dit-il, qu'elle est due à des Juifs qui vinrent s'y établir lors de la restitution que saint Louis leur fit de leur talmud, à Vincennes, en 1240. » Mais je ne le pense pas : la preuve, c'est que la prospérité de ce village ne date que de Girardot.

(12) *Schabol* (Jean Roger) était un amateur passionné pour le jardinage, qui s'était retiré à Sarcelles, près d'Écouen, où il s'occupa de la culture toute sa vie. C'est lui qui a contribué le plus par ses ouvrages à faire connaître et à répandre la culture à la Montreuil. Il est mort en 1768, à 77 ans.

(13) *L'espalier*, c'est-à-dire depuis que le palissage à la loque et aux clous y remplace le palissage au treillage; car il y a deux sortes de palissage : c'est le premier qui est particulier à Montreuil. On peut voir dans le traité de Mozard, comment l'un et l'autre palissage se pratiquent. Le chasselas de Montreuil en espalier, même en plein champ, rivalise avec le plus beau de Fontainebleau.

Autant que Babylone aujourd'hui célébré,
Montreuil , pour ses jardins , est une autre merveille !

Sur sa noble industrie, à nulle autre pareille,
Chabrol, ouvre les yeux, vois Montreuil admiré ;
Prête encore à mes vers une attentive oreille ;
A l'aspect de ces lieux qui n'est pas inspiré ?
Vois Montreuil nuit et jour aux durs travaux livré,
Changer l'engrais en or, dans sa fertile plaine,
Les présents de Pomone avec l'or de la Seine,
Qui, coulant dans Paris, pour les fils de Plutus,
Change de forme encor, comme autrefois Protée,
En passant, au hameau, dans les mains d'Aristée.
Vois-y de Césaronte un nouveau Lucullus,
Modeste conquérant; à nos Apicius,
Pour son précoce fruit la cerise vantée,
Par Préaux (14), en nos jours, d'Angleterre apportée,
De ce cultivateur faire un nouveau Crésus ;
Et bientôt après lui, sa conquête féconde,
Par d'autres cultivée en un sol étranger,
Et sous un autre ciel, dans cet heureux verger,
Comme un nouveau Pactole, enrichir tout le monde.

(14) *Préaux* (Augustin), mort le 26 octobre 1836, très âgé. C'est à
lui qu'on doit en effet l'importation, d'Angleterre en France, de la
cerise anglaise, en 1792. Cette cerise si exquise et si belle a fait sa
fortune, et lui a valu une médaille de la société d'agriculture, pré-
sidée par Cadet de Vaux. C'est dans sa maison, rue Marchande,
numéro 49, que S. A. le duc d'Orléans (le roi actuel) et sa famille
ont descendu , en 1822, la même année , que la duchesse de Berry
alla cueillir elle-même des pêches , chez M. Mozard , et lui ont fait
l'honneur d'en manger aussi aux arbres de ses jardins. En lisant
ces fastes de nos cultivateurs de Montreuil, on croit voir le grand
Alexandre honorant de même Abdolonyme, ou le sage Ulysse
visitant Alcinoüs.

Vois ce hameau, voisin et rival à la fois
De l'antique Lutèce et du séjour des rois,
Depuis qu'autour de lui règne une paix profonde,
Qu'il fouille, en ses jardins, les mines de Golconde,
A l'envi décoré par Roussel et Mozard (15),
Par Valvein (16) et Mainguet, ses conseils et ses guides,
Jusqu'aux murs de Vincenne étendre son rempart,
De Paris devenir un dernier boulevard (16 *bis*);
Toujours s'agrandissant, par des travaux rapides
De toits hospitaliers, élégans et solides,
Et de vergers nombreux, juste orgueil du colon,
Où brillent des trésors pour Lebour et Pesnon (17),

(15) M. *Roussel*, entrepreneur de bâtiments, aujourd'hui propriétaire de la jolie habitation qu'il avait bâtie pour M. Valvein, est
celui, je crois, qui en a bâti ou restauré le plus depuis vingt ans.
Nulle part, on ne voit autant de maisons neuves ou embellies, autant de jardins entourés de murs.... On dirait que c'est une nouvelle ville bâtie comme par enchantement. Il reste, à Montreuil,
bien peu d'anciennes maisons.

(16) *Valvein*, M. Valvein, ancien notaire de Montreuil, aujourd'hui maire de Tours, est un de ceux qui ont le plus contribué par son zèle, ses conseils et ses talents, à l'embellissement
de Montreuil. C'est à lui qu'on doit le pavage des rues et de la route, l'acquisition de la nouvelle place percée de quatre nouvelles rues,
dont une porte son nom, et d'un grand et beau cimetière, l'assainis-
sement de cette ville par la translation de l'ancien en un lieu plus
convenable et mieux situé, la construction d'une fontaine sur cette
place, et d'un égoût pour l'écoulement des eaux. Il a fait bâtir ou
embellir deux maisons d'un bon goût, où il a réuni en bassins
et en rivières anglaises des eaux qui, séjournant dans la rue aux Ours,
en faisaient un cloaque. Mais honneur aussi aux membres du conseil et aux principaux habitants qui l'ont secondé et imité.

16 *bis*.) *Boulevard*. On lit dans le *Journal du Commerce* du 21
mars 1842 : « Il est question de créer quatre nouveaux grands
cimetières pour la capitale, en dehors de l'enceinte continue; on en
peut conclure qu'avant peu le mur d'octroi actuel, qui forme la cir-
conscription légale de la ville, sera supprimé, et que tous les villages
qui sont en deçà seront annexés à Paris. De là d'innombrables chan-
gements dans la valeur et l'appropriation des localités. »

(17) *Lebour et Pesnon* Ce sont deux des plus riches et des plus

Pour Lepère et Malot (18), de gloire plus avides.
Quand les joyeux concerts que préside Charton (19),
Retentissent non loin du temple des Druides (20),
On croit voir Thèbe encor bâti par Amphion,
Ou Versailles sortir de ses marais humides.

habiles cultivateurs. Le premier a restauré et embelli son habitation,
et a fait avec zèle et intelligence les affaires de la commune, comme
maire, pendant six ans. Il est le gendre de Mériel, élève de Pépin.
Le second est le propriétaire du château seigneurial et du parc, rue
Marchande : il a fait rebâtir le castel et en a fait une belle maison
bourgeoise, ce qui l'a fait surnommer *le petit Seigneur* ou *Pesnon
le Seigneur.*

(18) *Lepère et Malot.* «La société royale d'horticulture (dont M.
Solange-Bodin, mon compatriote, est le fondateur, ainsi que de
l'admirable pépinière de Ris,) avait décerné, en 1832, à M. *Félix
Malot*, jardinier à Montreuil, un prix pour ses belles cultures du pêcher. Depuis elle en a également décerné un à M. *Alexis Lepère*,
pour ses cultures. Ces deux habiles horticulteurs viennent l'un et
l'autre de publier un Traité sur l'éducation, la taille et la culture du
pêcher en espalier sous forme carrée. Ces deux ouvrages, qui sont
de bons manuels, contribueront à répandre la connaissance de la
culture et de la taille du pêcher jadis introduite à Montreuil par Girardot» (*Annales d'Hortic.* t. 29, p. 25, octobre et novembre 1841.)
Voici les titres exacts de ces deux ouvrages : *Pratique raisonnée de
la taille du pêcher en espalier carré*, par Alexis Lepère, 1841,
in-8°, 117 pages, 4 planches. — *Traité succinct de l'Education du
pêcher en espalier sous la forme carrée*, par Félix Malot; 1841,
in-8°, 34 pages, 2 planches. M. Malot est auteur aussi d'une notice
sur la perte des pêches de Montreuil, de 8 p. in-8°, insérée en 1840
dans le tome 27 des *Ann. d'Hortic.*, où il nous apprend qu'on cultive à Montreuil 240 hectares en pêchers, qui rapportent environ
13,300,000 pêches par an. V. note 8.

(19) *Charton.* M. Charton, organiste du bel orgue de Montreuil,
est l'élève du père de M. Beauvarlet-Charpentier, organiste à St-
Paul et à St-Germain-des-Prés. Ce respectable vieillard est aussi un
bon pianiste, et a formé à Montreuil un grand nombre de musiciens.

(20) Du bois de Vincennes, où était un temple de Sylvain desservi
par un collége de dendrophores, d'après une inscription trouvée à
Saint-Maur, citée par l'abbé Lebeuf (*Histoire du diocése de Paris*,
p. 103), laquelle nous apprend que ce temple étant tombé de vétusté
sous Marc Aurèle, il fut alors rétabli : ce qui prouve qu'il était bien
ancien ; la voici :

COLLEGÍVM

SILVANI. REST

Vois Valvein l'embellir, dans son génie actif,
D'un torrent égaré, sous la terre captif (21),
Du cristal de ses eaux, d'un tapis de verdure,
Et d'une rue entière , et d'une source pure ;
Valvein, sa providence, au bien toujours porté,
A l'embellir encor par ton zèle excité,
Valvein , qui de ces lieux est l'arbitre et le père,
Et qui, dans l'âge à peine où s'ouvre la carrière
Que Plutus et Thémis traçaient à sa vertu,
Au bout avec honneur est déjà parvenu.

A l'embellir aussi, vois un Rotrou (22) se plaire,
Enchanté des attraits de ce riche vallon,
Y former aux vertus, aux grâces de leur mère,
Des nymphes qu'on dirait des fleurs de son parterre ;
Dans les fastes du Pinde, héritier d'un beau nom ,
En honorant Mercure, encenser Apollon.
Plus loin, porte les yeux sur un toit solitaire,

ITUERVNT. M.
AVRELIVS. AVG.
LIB. HILARVS.
ET MAGNVS. CRYP-
TARIVS. CVRATORES.

C'est-à-dire, *Marcus Aurelius Hilarus, affranchi d'Auguste* (de l'empereur Marc-Aurèle) , *et Magnus Cryptarius, curateurs , ont rétabli le collége de Sylvain*.

(21) L'aqueduc de la rue aux Ours, laquelle était un cloaque aupa-ravant. C'est dans cet aqueduc que passe le ruisseau de la *Pissote*, qui donne son nom à une rue de Vincennes : il y a encore d'autres aqueducs : **M.** de Rotrou, maire actuel, à qui l'on doit déjà bien des embellissements et des améliorations , vient de faire reconstruire celui de la nouvelle place.

(22) *Rotrou*. **M.** Michel de Rotrou, directeur de l'entreprise des coches de la Haute-Seine, Yonne et canal de Bourgogne, et maire de Montreuil, descend de Pierre de Rotrou, intendant-militaire sous Louvois, dont il possède, en 4 volumes in-f°, la correspondance origi-nale avec ce ministre et les plus grands personnages de son temps, ainsi que des traités originaux, capitulations, plans de campagne, rapports,

Ouvert aux fils d'Eole, aux vents inauguré,
Qui d'une flèche d'or, dans l'empire azuré,
Sur un globe éclatant, tracent leurs pas rapides :
En contemplant le ciel, séjour si désiré,
Et vivant pour l'hymen, loin des plaisirs perfides,
La Fortelle (22 *bis*), en sa foi, s'y tient plus assuré.
Vois aussi mon donjon, comme un phare éclairé,
Où je fuis la cité pour les muses timides,
Où l'horizon sourit à mes regards avides.

Dans ce vallon riant, de tes bienfaits paré,
Vois un autre ermitage, aux muses consacré,
Planté de frais bosquets, arrosé d'eaux limpides ;
C'est là qu'Yver (23) chérit, en ses goûts modéré,
La douce solitude, un loisir honoré ;
Qu'au sein de ses vergers, au bord de ses fontaines,
Il vient se délasser, il vient charmer ses peines ;
Qu'il médite le livre aux Hébreux inspiré,
Lit et relit Horace, et Virgile, et Racine,
Des pensers de Pascal, sonde la profondeur,
Ou de l'aigle de Meaux suit la trace divine,

etc., au nombre de plus de mille pièces, toutes relatives à la guerre de trente ans. Pierre était frère de Jean de Rotrou, maire de Dreux, auteur de Wenceslas, que le grand Corneille appelait son maître et son père, et dont la mort héroïque a été mise au concours par l'Académie française en 1810. Ce poëte n'a pas laissé d'autres descendants directs que ceux de son frère, d'où descend M. Michel de Rotrou, qui cultive lui-même les Muses avec succès, et est auteur d'un poéme manuscrit sur la Révolution, en six chants. Je lui dois des renseignements sur les plus notables habitants de Montreuil.

(22 *bis*.) *La Fortelle* (Bernard de), chevalier de Saint-Louis, décédé à Montreuil, en 1826, a fait du bien à l'église et aux pauvres.

(23) *Yver*, ancien notaire de Paris très lettré, mort du choléra en 1832. Il possédait à l'Ermitage un jardin où passe un ruisseau divisé en deux bras, et traversé par de petits ponts. Il avait embelli ce jardin par des plantations et des allées d'arbres, et par un pavillon dressé au milieu pour la méditation et la lecture.

Et de son vol hardi mesure la hauteur.
Que j'aime un tel ermite! Il manque à mon bonheur,
En partageant ses goûts, d'y partager son cœur ;
Que n'y vient-il aussi transporter ses dieux lares!
De moi-même il aurait la meilleure moitié ,
Et des douces faveurs d'une étroite amitié
Pour moi les dieux jaloux n'y seraient plus avares.
C'est là que j'aimerais, disciple d'Apollon,
A redire, avec lui, les doux chants de Virgile;
Ces accords immortels répétés par Delille ;
Et ma voix s'élevant de l'épître à leur ton ,
A chanter ces jardins et ce riche vallon.

Depuis qu'à ses destins, à ses vœux tu présides,
Depuis qu'à l'embellir toi-même as conspiré,
Montreuil, par l'industrie et tes bienfaits (24) splendides,
Entre tous les hameaux, brille au premier degré.
Heureux et libre enfin du guet (25) et des subsides
Dont l'opprimait Vincenne , en des siècles stupides,

(24) *Bienfaits*. Montreuil doit en effet à M. le comte de Chabrol,
préfet de la Seine, d'avoir contribué à plusieurs de ses embellissements, à la translation du cimetière , au pavage de la route, à la
construction d'une nouvelle fontaine, de l'école mutuelle, de la mai--
rie, etc.

(25) *Le guet*. De 1400 à 1700 les habitans de Montreuil fournissaient
quatre hommes pour le guet du château de Vincennes. Ils recevaient,
en entrant, un grand manteau rouge, auquel était attaché un cha-
peron; ce qui en faisait un *bardocucullus* de bardes gaulois , c'est à
dire une cape avec un capuchon. Mais depuis 1700 , ils se sont fait
remplacer. Ce guet était pour empêcher, de concert avec les gardes
de la garenne, le gibier de détruire les vignes. En 1360, la commune
de Montreuil , qui est qualifiée *ville* dans une charte du roi Jean,
obtint de lui son affranchissement, l'exemption de tous impôts,
tailles, corvées, logements de guerre, du guet , en échange de la
concession des eaux de ses sources, qu'elle fit conduire à ses frais au
château de Vincennes.

Des fils de saint Victor Montreuil n'est plus un pré (26),
Un ermitage inculte (27), un couvent ignoré :
C'est un nouvel Éden ; ainsi qu'au temps d'Alcide,
On y voit chez Le Preux (28), mais sans dragon sacré,
Sur deux rangs d'arbres verts, les fruits des Hespérides
Attirer tous les yeux par leur éclat doré ;
Par la greffe avec art les branches enlacées,
Exprimer des amants les vœux et les pensées.

De l'Éden, chez Jauffret (29), le figuier transféré,
Déploie encor pour lui ses feuilles exhaussées ;
Pour voiler son hymen de roses entouré,
Prête à sa couche encor ses ombres abaissées ;
Le serpent même, en lierre, en un coin attiré,
Y semble regretter des voluptés passées,
De son bonheur pâlir, témoin désespéré;
Rampant sur un sumac en six bras séparé,

(26) *Pré.* La rue du Pré est la principale de Montreuil ; son nom indique qu'elle était autrefois un pré, ou qu'elle était voisine d'un pré qui longeait sans doute le ru de la Pissotte.

(27) Il y avait à Montreuil un fief de l'abbaye de Saint-Victor, et il y a encore un quartier nommé l'*Ermitage*, et une rue, la *rue du Pré*.

(28) **M. Lepreux,** jardinier fleuriste, qui cultive de nombreux orangers, a le talent d'en lier les branches par la greffe, de manière à exprimer des noms et des devises. J'ai vu dans son orangerie, en 1825, un bel oranger, où on lisait dans les branches, en lettres greffées et vivantes : V. L. XVIII, c'est-à-dire, *Vive Louis XVIII;* et un autre, dont il a fait hommage à la duchesse de Berry, où on lisait : V. N. H., c'est-à-dire, *Vive notre Henri.*

(29) *Jauffret (Joseph),* maître des requêtes, auteur des *Recours au conseil d'état,* du *Célibat des prêtres,* des *Mémoires ecclésiastiques.* Il est mort en 1836. Il était frère de l'évêque de Metz, comte de l'empire, aumônier de l'empereur, mort en 1822 ; du directeur des sourds-muets de Pétersbourg, et du conservateur du musée et de la bibliothèque de Marseille, qui est auteur lui même du *Courrier des enfants,* des *Charmes de l'enfance,* d'idylles et de fables.

En étreint à cent mains les colonnes pressées,
Des replis du dragon tendrement embrassées.
On voit chez Dommanget (30), en bannière arboré,
Un lierre, nouvel hydre au *Marais* retiré,
Y dresser ses serpents de ses mains élancées ;
Un dôme vert, immense, un bocage inspiré,
Des tentes de feuillage au mystère dressées :
Quand, par Zoé conduit, le soir j'y suis entré,
Avec elle l'amour eut bientôt pénétré.

De ces lieux métropole (31), et rival préféré
A Vincenne, à son chêne, à sa noble retraite,
Montreuil a vu jadis un prince vénéré (32),
Pour lui quittant la cour, en solennelle fête,
Aux pieds de son autel antique et révéré ,
Abaisser sa couronne, humilier sa tête.
Montreuil a vu jadis, en son pourpris cloîtré,
Par un de ses enfants, architecte-juré (33),
Au suprème architecte, au lieu d'un oratoire,
Du temps du saint roi même, un temple consacré,
Et sur ses fonts un sage, un roi régénéré (34).

(30) **M.** *Dommanget*, ancien procureur, qui habitait alors dans le quartier de Montreuil, nommé *le Marais*, une maison de campagne remarquable en effet par un lierre qui tapissait dés deux côtés tout le mur de sa cour, et par une grande et haute charmille impénétrable au soleil.

(31) Montreuil est la métropole ecclésiastique du canton, et le château de Vincennes en dépendait autrefois, même pour le culte. Son église était celle de cette résidence royale, avant la construction de la Sainte-Chapelle de Vincennes.

(32) Saint-Louis, ce prince vénéré, venait y faire ses Pâques.

(33) *Pierre de Montreau*, architecte de la Sainte-Chapelle de Paris et de celle de Vincennes, et seigneur de *Montreau*, château seigneurial de Montreuil, nommé en latin du même nom de *Monasterolium*.

(34) Charles **V**, dit *le Sage*, qui naquit au bois de Vincennes, le

Montreuil a vu Le Nain (35), de Tillemont la gloire,
Des chrétiens le modèle, en éclaircir l'histoire ;

21 janvier, date remarquable, et fut le premier dauphin de France,
fut baptisé sur les fonts de Montreuil, ainsi que Jeanne de Bourbon,
sa femme. De là, sans doute les deux dauphins qu'on y voyoit au-
dessus du portail de l'église, avant sa restauration, en 1855, et
le nom d'hôtel de la Reine Blanche, qu'on donne à la maison
du boulanger qui est vis-à-vis de l'église. On sait qu'on nommait *reine blanche* les veuves de nos rois, parce qu'elles portaient le deuil en blanc; que c'est de là aussi qu'on trouve
à Paris plusieurs hôtels de la *Reine Blanche*, dont un rue de la
Reine Blanche, un rue du Foin-Saint-Jacques, un dans le passage
du collége Charlemagne. Il est certain que le premier de ces trois
hôtels a été habité par Charles VI, puisqu'il manqua d'y être brûlé
le 1er janvier 1393. Charles V nous apprend dans des lettres de
l'an 1375, que lui et Jeanne de Bourbon son épouse, ont été baptisés
à Montreuil : « Charles, etc., sçavoir faisons a tous présents et avé-
nir que nous estant, en *l'église de Saint-Pierre de lez* (d'auprès)
bois de Vincennes, ès fons de laquelle église nous et nostre très
chière et aimée compagne la royne fusmes baptisés.... Donné a
nostre ville (*villa*) de Monstereul, le XXIX de juin, de l'an de
grâce MCCCLXXV. »

(35) *Le Nain de Tillemont* (Louis-Sébastien), seigneur de Tillemont, château de Montreuil; il y mourut le 10 janvier 1698, à 61
ans. Il est auteur de plusieurs savants ouvrages, entre autres des
*Mémoires ecclésiastiques pour servir à l'histoire des six premiers
siècles de l'Eglise*, en 16 vol. in-4°, et de l'*Histoire des Empe-
reurs*, du même temps, en 6 vol. in-4°. Ce célèbre historien était si la-
borieux, qu'on montrait ses pieds empreints sur le carreau de son cabinet; mais quand j'y suis allé en 1823, à mon arrivée à Montreuil, il
ne restait plus du château que la motte, les douves qui l'entouraient, les
communs et les murs du parc, et en face, au midi, la belle allée d'ormeaux auxquels ce château devait son nom, si ce n'est pas plutôt à
un bois entier d'ormeaux. Ce qui me le prouve, c'est qu'il y a une
espèce d'ormeau qu'on nomme l'*orme-teille*, et qu'on a dit *teille*,
tille, et *til*, autrefois dans ce sens, du latin *tilia*, til'eul, à cause, je
crois, de la ressemblance de la fleur. La bande noire a fait démolir
ce château en 1807! Dom Pierre Le Nain, frère du précédent, qui
fut sous-prieur de la Trappe, et mourut en 1713, est auteur aussi de
sept à huit ouvrages ecclésiastiques, dont le plus connu est une *Vie
de l'abbé de Rancé*, réformateur de la Trappe, 2 volumes in-12,
revue par Bossuet, mais dans laquelle on a inséré des traits satiri-
ques. Ils étaient nés tous deux à Paris d'un maître des requêtes, le
premier en 1637, le deuxième en 1640. L'aîné, aussi pieux et modeste que savant, venait faire diacre tous les dimanches et fêtes dans
l'église de Montreuil, et avait refusé la mître épiscopale pour se li-

Et Fouquet (36), des neuf sœurs, à bon droit, tant pleuré ;
Et Colbert, réjoui de sa lâche victoire,
Quand La Fontaine encor chante Oronte (37) adoré.
Au lieu du champ des morts, de mon observatoire,
Je vois un élysée, avec goût décoré,
Son moûtier embelli ; son temple restauré
De l'outrage et du temps a perdu la mémoire ;
Aux accords de Charton, de son orgue admiré,
Enivré de l'encens, son pasteur s'y prélasse,
Aux fêtes du hameau, comme un abbé mîtré.

Montreuil, en chaque rue, uni comme une glace,
Et pavé par tes soins, voit d'espace en espace,

vrer entièrement à l'étude , et qu'on ne dise pas de lui ce qu'un
paysan, qui n'avait pu être reçu par Huet, évêque d'Avranches, répon-
dit au valet qui l'exclut, en disant que son maître étudiait : « Eh ! que
ne nous donne-t-on un évêque qui ait fait ses études ? »

(36) *Et Fouquet... et Colbert.* «Parmi les grands hommes qui ont
résidé à Montreuil , dit M. Valvein dans une des notes qu'il a bien
voulu me communiquer pour mon Epître, on doit citer Colbert
et Fouquet. Une partie du château de Colbert existe encore, mais
celui de Fouquet, qui était aussi dans le quartier du Marais, est entièrement détruit. On les admirait pour la beauté de leurs eaux, et
on trouve encore souvent dans les champs des restes des aqueducs qui
les amenaient. » Il est certain, en effet, que Colbert a possédé le
fief ou manoir seigneurial qui appartient aujourd'hui, à M. Pesnon *le
Seigneur.* Je n'ai reconnu les restes avec lui, ainsi que ceux d'anciennes maisons bourgeoises voisines, mais j'ai peine à croire que Fouquet ait aussi habité Montreuil, si près de son ennemi, vu qu'il avait
une habitation à Saint-Mandé, et que personne, ni M. Pesnon, ni
M. Valvein, n'a pu me montrer l'emplacement de celle de Montreuil.
« Dans sa maison de plaisance de St-Mandé, dit l'abbé de Choizy
(*Mém,* p.211), des nymphes que je nommerais bien, si je voulais, et des
mieux chaussées , lui venaient tenir compagnie, au poids de l'or. »
C'est pendant qu'il prenait ses ébats avec ces nymphes , dans ses
bosquets de Saint-Mandé, qu'il faisait dire, comme le savant évêque
que je viens de citer, mais un peu moins sérieusement, qu'il travaillait dans son cabinet. Ce ne sont pas ces nymphes que célèbre La
Fontaine dans ses *Nymphes de Vaux,* mais les belles eaux de son
magnifique château de Vaux.

(37) *Oronte.* C'est sous ce nom que La Fontaine, dans une élégie

Sa nymphe (38) lui porter un tribut assuré,

Qui de son urne tombe, en son cours resserré,

Chez Jauffret, chez Valvein, au pied de mon Parnasse,

Dans celle de Vincenne, en la sienne, à son gré,

Ou suit, en murmurant, le chemin qu'il lui trace.

Au milieu déjà même orné d'une autre place ,

Où sa naïade encor vient épancher son sein,

      Par un enchantement soudain ,

Montreuil, de tous côtés, a pris une autre face;

      Sans se détourner du chemin ,

    Dans ce fangeux, mais fertile jardin,

      A pied sec, aujourd'hui l'on passe,

      Comme autrefois dans le Jourdain.

En ce lieu populeux, berceau d'un monastère (39),

noble et touchante, implore de Louis XIV la grâce de Fouquet, que toutes ses *nymphes* , tous ses courtisans alors abandonnaient à la colère du monarque absolu.

(38) *La Nymphe* de Montreuil est en effet remarquable par ses eaux ruisselantes, par ses nombreuses et abondantes fontaines décorées d'architecture. La plus nouvelle, celle de la nouvelle place, est due à M. de Chabrol, qui a accordé les fonds nécessaires et au delà pour la construire. Comme elle gênait où elle était, et qu'elle n'était pas encore terminée , M. de Rotrou l'a fait transporter dans un angle de cette place, et en a fait achever la décoration. Il n'y manque plus qu'une inscription en l'honneur du préfet et du maire. Il y en a deux autres hors du bourg, dont l'une est nommée la *Fontaine des anneaux*, pour des *auneaux*, des *aunes*, l'autre la *Fontaine des soucis*, dont le nom est en singulier rapport avec celui de l'Achéron, fleuve des enfers, qui signifie en grec, le fleuve des soucis, des chagrins, et avec le cimetière au pied duquel elle coule. Mais ce nom doit venir plutôt de la fleur du *souci*, en latin *solsequium*, qui suit le soleil, sans doute parce qu'elle y croît. On prétend que l'eau de ces deux fontaines est plus saine et meilleure, parce qu'elle dissout le savon et fait cuire les légumes; mais on les néglige parce qu'elles sont plus éloignées, quoique l'eau des autres n'ait pas ces deux qualités. Elles mériteraient donc bien qu'on les décorât d'un bassin et d'une voûte , pour en conserver la pureté. « Les eaux de quelques-unes des fontaines de Montreuil, dit M. Valvein, présentent cette singularité, qu'étant savonneuses à la source , elles cessent de l'être, après avoir parcouru une certaine étendue. »

(39) Le nom de Montreuil, ainsi que celui de *Montreau*, son châ-

Aux portes de Paris, nouvelle fourmilière,
Qui le croirait jamais? Un abus inhumain,
Au milieu des vivants, malgré la loi sévère ,
Malgré Girard et toi, (40), malgré la France entière ,
Entasse encor les morts dans un étroit terrain;
Quand du champ sépulcral la vapeur meurtrière ,
Et la crainte, et l'horreur, donne un trépas certain !
Mais bientôt, grâce à toi, grâce aux soins d'un bon maire,
Qu'un même zèle anime, et qui gouverne en père,
De ma porte on éloigne un dangereux voisin,
Et la mort qui d'avance avait marqué ma bière.
　　　Bientôt les morts feront des pas de plus,
　　　　Le prêtre aussi, les diseurs d'*oremus*,
　　　　　　Pour se rendre à cette demeure,
Où l'on arrive, hélas ! toujours de trop bonne heure ;
Et leurs pas, pour Montreuil, ne seront pas perdus.
Déjà même, en ce lieu, vrai disciple d'Hygie,
Instruit à soulager tous les maux de la vie,
L'habile Rapatel (41), aux dons qu'il a reçus
Des leçons d'Esculape et de son bon génie,
En joint d'autres encore : aux talents, les vertus.
Avant l'âge aujourd'hui la tombe nous invite;
Bientôt elle attendra que nous soyons perclus.

Chabrol, puisqu'à bien faire un beau zèle t'excite,
Et que Valvein, ici secondant tes élus,
A les guider au bien met aussi son mérite,

teau seigneurial, vient, comme je l'ai dit, de *Monasteriolum*, petit
monastère, et indique que ce lieu en était un dans l'origine, à moins
que ce ne soit parce qu'on nommait une église un moutier, et
que celle de Montreuil était l'église principale du château de Vincennes.

(40) **M. Girard** était alors maire.

(41) *Rapatel*, docteur-médecin, neveu du général Rapatel, aussi
habile dans son art , que généreux et humain pour ses malades.

Il reste à réformer encor quelques abus,
Dont malgré sa raison, l'âge présent hérite.
Laissant en paix l'asyle où dorment cent tribus,
De ma rue il te faut changer le nom sinistre,
Que la parque fatale a mis en son registre,
Lui donner de *Beaumont* (42) le nom riant, heureux.
Tout le veut : c'est celui du Vitruve fameux,
Qui bâtit mon donjon, ce témoin de mes veilles;
C'est celui du beau mont qui couronne ces lieux.

Il faut qu'avec orgueil étalant ses corbeilles,
Pour recueillir le prix d'un art industrieux,
Montreuil se pare aussi du surnom glorieux (43)
Qu'il doit a ses vergers, à ces pêches vermeilles
Qui font sa renommée à la table des Dieux.

De sa pêche Montreuil a droit d'être orgueilleux :
Quand la pourpre éclatait sur sa robe fleurie,
Tous les ans, Girardot, suivi de ses sept preux (44),
A la table du roi l'apportait radieux,
Rangée en pyramide, avec pompe servie,
Et des regards du prince encore enorgueillie.
Pépin et Mériel se montrant tous les deux,
Héritiers de sa gloire et de son industrie,

(42) Cette rue, nommée la *rue du Cimetière*, conduit en effet à la butte *Beaumont*,où a été placé le nouveau cimetière,et dont le nom est le même que celui de l'habile architecte du gouvernement qui a distribué et embelli avant moi, ma maison.

(43) Celui de *Montreuil les Pêches*, au lieu de *Montreuil sur le Bois* ou *sous Bois*, qui est son nom légal,administratif.

(44) Girardot avait sept fils,tous mousquetaires, comme lui, et allait avec eux, en uniforme de mousquetaire, tous les ans offrir au roi, qui les nommait *les sept preux*, une corbeille de ses plus belles pêches.

Et Beausse (45), de sa pêche aussi fier, avant eux,
Au monarque, après lui, portaient ce fruit pompeux.

En revoyant la France encor plus embellie,
Louis s'est souvenu de ce fruit savoureux ;
En visitant Montreuil, sa culture agrandie,
Cueillit souvent la pêche en ses jardins nombreux,
La trouva bien plus belle aux lieux même cueillie,
Après vingt ans d'exil la savoura bien mieux.

Bien digne de la pomme et des plus tendres vœux,
Caroline aux accords des fils de l'harmonie,
Que les mille espaliers déployés autour d'eux,
En tapis verdoyants, dérobaient à ses yeux,
Cueillit aussi la pêche, entre mille choisie,
Dans ce verger fertile en fruits délicieux;
Et goûtant, chez Mozard (46) sa suave ambroisie,
Dans un nouvel Éden se crut alors ravie.

(45) *Beausse* le père ou la Brette , qui fut syndic de Montreuil, et mourut en 1754, à plus de quatre-vingts ans. Il a donné son nom à une pêche nommée la *belle Beausse*, et c'est pendant qu'il était syndic, que fut faite la route de Montreuil à Paris. Ce surnom de *La Brette* venait, je crois, de ce que dans les cérémonies il portait une brette ou longue épée, comme syndic ; on eut dû le nommer Beausse la belle Pêche. Roger Schabol parle encore d'une autre pêche très estimée à Montreuil et à Bagnolet, nommée la *Bourdine*, et dont le vrai nom est, dit il, la *Boudine*, parce qu'elle doit son existence au nommé Boudin ; mais il me semble qu'il se trompe, 1° Parce que le nom usuel de cette pêche est la *Bourdine*, de son aveu ; 2° parce qu'il ne vient pas d'un nommé Bourdin, mais de *bourder*, manquer, sans doute parce qu'elle *bourde* ou manque souvent, ou parce qu'elle trompe par son apparence, ce qui n'empêche pas qu'il ait existé à Bagnolet un cultivateur du nom de *Boudin*.

(46) *Mozard.* La duchesse de Berry ayant accepté, au mois d'août 1822, une collation que M. Mozard, adjoint de la commune, lui fit servir sous les tilleuls de son jardin, eut en effet l'agréable surprise, au moment où il la conduisait à ses pêchers, et qu'elle y cueillait elle-même un fruit, d'y entendre une symphonie de 25 à 30 musiciens de Montreuil, cachés derrière les murs et les espaliers.

Après d'affreux revers, deux fois victorieux,
Alexandre, charmé par ce fruit merveilleux,
Réprima, dans Montreuil, sa milice barbare,
Et, vainqueur magnanime, aux vaincus gracieux,
Aux doigts des trois hérauts chargés d'un don si rare,
En retour fit briller trois joyaux précieux (47).
Ainsi, dans Thèbe en cendre, un vainqueur furieux
Epargna les foyers du sublime Pindare.

Il faut aussi, Chabrol, d'un vain bruit plus avare,
Au hameau modérer la cloche du trépas,
La vanité qui paie et déplore un long glas.
A quoi bon de l'airain fatiguer tant les nues?
Aux morts laissons la paix qui nous fuit ici-bas,
Et pour eux, et pour nous, qu'on ne la trouble pas.
Lorsque je fuis Paris, son vacarme et ses rues,
N'est-ce donc pas assez du sifflement des vents,
Qui troublent mes pensers, mes songes décevants?
Quoi! sans fin, dans Montreuil, quatre cloches émues,
Pour honorer les morts font mourir les vivants!
Plus de pleurs, moins de bruit. Ah! fuyons des couvents
Et le préau funeste (48), et la cloche maudite!

(47) *Trois joyaux précieux.* Les cosaques, lors de la prise de Paris
en 1814, coupant les arbres des vergers de Montreuil, ce village dé-
puta à l'empereur Alexandre, qui habitait le palais de l'Elysée-Bour-
bon, trois cultivateurs : MM. Girard (Abraham), Mozard (Jean),
Mainguet (Jean-Auguste), pour lui présenter un panier des plus belles
pêches. Ce prince, émerveillé de voir de si beaux fruits, leur fit
présent à chacun d'une bague en diamants d'une valeur de 1500 fr.
et donna l'ordre de faire sortir sur-le-champ les troupes russes de
Montreuil-les-Pêches, hommage à l'industrie qui honore autant
celui qui le rend que ceux qui le reçoivent. Les pêches qu'on lui
offrit avaient, m'a assuré M. Valvein, 14 pouces de circonférence.

(48) *Le préau.* On appelait *préau*, du latin *pratellum*, petit pré,
le terrain couvert ou non de gazon, qui était environné de portique

Après la paix rendue aux lieux où je médite,
Chabrol, exauce encor, sans un plus long retard,
D'autres vœux qu'ont formés et Lebour et Mozard,
Le sage Mériel, et moi-même à leur suite,
Tous nos Alcinoüs, les Savart, les Dubart (49),
Les Lauriau, les Vitry, les Préaux, les Girard (50),
De ce riche hameau, le sénat et l'élite.
Bienfaiteur de Montreuil, sers d'exemple aux préfets,
A des bienfaits encor ajoute des bienfaits ;
Heureux de le pouvoir, quand je t'en sollicite,
Joins un Abdolonyme aux heureux que tu fais,
Que dis-je? tout un peuple, en comblant mes souhaits.

Puisqu'il jouit enfin d'une riante place,
D'un courrier qui trois fois de Paris dépêché,
De Montreuil, en un jour, trois fois franchit l'espace,
Chabrol, déjà pour toi son vœu n'est plus caché.
Sa route, œuvre de Beausse(51), est limoneuse et grasse,

dans un cloître, et qui servait de cimetière au monastère. Comme le nom de **Montreuil** vient de *monasteriolum*, le petit moûtier, il se pourrait bien que l'ancien cimetière de cette paroisse eût été celui de son couvent, et eût porté le nom de *préau*, que ce fût de là, par conséquent, que l'ancienne et honorable famille des *Préaux* tirât son nom. Il y avait en Normandie deux abbayes qui certainement tiraient de là le nom de *Préaux*.

(49) *Les Savart*, *les Dubart* sont deux fleuristes distingués. M. Dubart, qui cultive les fleurs à Montreuil depuis cinquante ans, et qui doit ses succès aux encouragements de la reine Hortense, est un vieillard de quatre-vingt-trois ans des plus verts et des plus aimables, le modèle des Abdolonymes.

(50) *Les Vitry, les Girard.* Joseph Vitry et Pierre Girard sont les deux adjoints actuels du maire ; c'est dire assez qu'ils méritent la mention que j'en fais ici.

(51) *Sa route œuvre de Beausse.* Avant 1768, Montreuil n'avait qu'un chemin de terre pour aller à Paris. Un cultivateur, Beausse la Brette, syndic de la commune, qui a donné son nom à une pêche, la *belle Beausse*, fit faire la route actuelle, en éprouvant bien

A peine la suit-on que l'on a trébuché ;
Pour Pomone et Mercure, il faut qu'on la refasse.
De beaux arbres plantée, ombragée avec grâce,
Louis et Caroline en ont suivi la trace ;
Ton cœur à ces deux noms n'est-il donc pas touché ?
Charles, pour s'y montrer, attend qu'on la répare.

Dans ses fangeux sentiers de tout Montreuil maudits,
Pour empêcher au moins que le colon s'égare,
Lui qui pourvoit sans cesse aux besoins de Paris,
Sage Chabrol, il faut, dans les obscures nuits,
Devant lui, quand il porte à la cité ses fruits,
Sur sa route, au hameau, faire briller un phare.
L'or seul ne peut payer les sueurs et les soins
D'un peuple industrieux, qui veille à nos besoins ;
Son gain est très modique, et sa peine est extrême ;
Il te faut l'alléger, avec son tribut même,
L'humanité l'exige, et c'est assez pour toi ,
Un doux gouvernement t'en fait la douce loi.
Déjà dans ton empire, on te voit avec joie,
Amener l'abondance, en aplanir la voie,
Pour le bien des hameaux, seconder un bon roi.
Pomone pour ses dons réclame une autre grace :
Quoi ! pour briller ailleurs son or est détaché !
Puisqu'il se cueille ici, qu'il y soit recherché;
D'en produire aux ingrats la déesse se lasse ;

des résistances , des injures et des persécutions de ses concitoyens,
dont il faisait le bien ; mais depuis ils ont reconnu leur tort et rendu
justice à sa mémoire. Son nom devrait être inscrit aujourd'hui parmi
les noms des bienfaiteurs les plus honorables de la commune, des
Girardot, des Pépin, des Cupis, des Mériel, des Mozard, des Augustin Préaux, des Valvein, etc., etc. Cette route a été réparée en 1825,
et est très belle aujourd'hui.

Montreuil, avant Paris, a besoin d'un marché ;
Que son panier trop plein y soit donc épanché.

Mais Paris et Montreuil qu'un déluge de fange (52),
Par l'Averne vomi, fétide et noir mélange,
Fait reculer d'horreur, en passant au milieu,
En voyant qu'un vain peuple y joue, et boit, et mange,
Y cherche, à moins de frais, le jus de la vendange,
Et respire la peste et la mort en ce lieu,
Pour l'éloigner encor, réunissent leur vœu.

Ces souhaits accomplis, au hameau que j'habite,
Je ne désire plus, indépendant ermite,
Que de trouver un char qui me porte au plus vîte,
A mon heure, à mon choix, mais pourtant sans orgueil,
De Montreuil à Paris, de Paris à Montreuil ;
En attendant qu'un autre aspergé d'eau bénite,
Suivi d'amis en pleurs, couvert d'un drap de deuil,
M'emportant de mon lit dans un étroit cercueil,
A pas lents, me conduise au triste et dernier gîte.

C'est ainsi que docile à la voix de Chaussard,
Qui sut, après Boileau, dicter les lois des muses,
En voulant m'en défendre, en donnant pour excuses,
Le manque de loisir, l'ignorance de l'art,
Je suivais ses conseils, et songeais au départ,
Que toujours je diffère, où toujours je m'apprête,
Que m'annoncent l'airain suspendu sur ma tête,
Et la mort; à mes pieds, qui moissonne au hasard.
Eussé-je cru, Chabrol, être ici l'interprète

(52) *Fange.* Ce vœu, comme presque tous les autres, a été exaucé depuis.

Des regrets des neuf sœurs pour leur digne poète,
Avoir à le pleurer, et presque au même instant
Que ses chants pénétraient au fond de ma retraite,
Quand j'y vois, tous les jous, le tombeau qui m'attend ?

---

*Lettre à Monsieur le Maire de Montreuil–les–Pêches,
sur les origines de cette commune.*

Paris, 16 janvier 1833.

Monsieur le maire,

Vous m'avez fait l'honneur de m'écrire pour me faire part que
M. le ministre du commerce et des travaux publics désirait de connaître les antiquités des communes et des églises du département
de la Seine, et vous m'avez invité à vous adresser une réponse à ce
sujet pour la lui transmettre. Je vais tâcher de vous satisfaire.
Le nom de Montreuil, qu'on trouve écrit en latin aux XIIe et
XIIIe siècles, *Monsteriolum, Monsterolium, Monsterolum, Monte-
rolum, Musteriolum, Musterolum, Mosterolium*, et en français,
Monsterol, Monsterul, Monsterel, Monstereul, et *Montreul*, ainsi
que celui de Montereau, son ancien château seigneurial, vient de
monasteriolum, petit monastère, sous-entendu de *Saint-Pierre*,
puisque c'est le patron de Montreuil, et qu'il a même donné son nom
à la rue Haute et à la rue Basse-*Saint-Père*, par contraction de
Saint-Pierre, pour distinguer Montreuil d'autres lieux du même
nom. On le trouve surnommé en latin *Monasteriolum supra nemus
Vicenarum*, en vieux français *Monstereul sur le bois de Vincennes*,
aujourd'hui *Montreuil-sous-Bois*, et mieux, MONTREUIL-LES-PÈ-
CHES, ou AUX PÊCHES, surtout depuis vingt ans que je l'habite.
Cependant ce nom seul ne prouve pas qu'il y ait eu un *Petit-Mous-
tier*, quoique tout l'indique. Il suffisait pour cela d'une simple
chapelle appartenant à un monastère ; car c'est de là que l'on a dit
en vieux français, le *moutier*, pour l'église. En effet, plusieurs mo-
nastères ou communautés ecclésiastiques de Paris avaient des biens
à Montreuil. Le doyen du chapitre de Notre-Dame eut, dès le com-
mencement, un fief dans le territoire de cette paroisse ; il en est
mention vers l'an 1260. C'est sans doute pour cela, ou parce que
c'était la résidence de l'un des deux doyennés de l'archidiaconné
de Paris, que le prêtre qui la desservait avait le titre de doyen.
Le doyen, qui jouit le premier de ce fief, y construisit un petit
oratoire qui aura été nommé *monasteriolum*, parce que les
chanoines de Notre-Dame, comme ceux de tous les autres
chapitres, étaient cloîtrés, ainsi que le prouvent encore aujour-
d'hui les noms de *Cloître-Notre-Dame*, de *Cloître-Saint-*